Samuel Hebich

Einiges aus den letzten Tagen des Zeugen Jesu Christi Samuel Hebich

Antigonos

Samuel Hebich

Einiges aus den letzten Tagen des Zeugen Jesu Christi Samuel Hebich

Unveränderter Nachdruck der Originalausgabe von 1868.

1. Auflage 2024 | ISBN: 978-3-38637-078-3

Antigonos Verlag ist ein Imprint der Outlook Verlagsgesellschaft mbH.

Verlag: Outlook Verlag GmbH, Zeilweg 44, 60439 Frankfurt, Deutschland, info@outlook-verlag.de
Vertretungsberechtigt: E. Roepke, Zeilweg 44, 60439 Frankfurt, Deutschland
Druck: Libri Plureos GmbH, Friedensallee 273, 22763 Hamburg, Deutschland

Einiges aus den letzten Tagen

des Zeugen JEsu Christi

Samuel Hebich.

Für seine Kinder in Christo JEsu

als Manuscript

dem Druck übergeben.

Stuttgart.

K. Hofbuchdruckerei von E. Greiner.

1868.

Der erste Krankheitsanfall Mittwoch den 6. Mai Morgens 8 Uhr gab dem Leben unseres lieben Missionars gleich einen gewaltigen Stoß. Er fühlte sich sehr krank und ordnete an, daß kein Besuch vor ihn kommen soll. Zweien seiner Kinder gab er zu verstehen, daß es ihm lieb sei, wenn sie öfters den Tag über nach ihm sehen und das Nöthige besorgen.

Donnerstags trat für etliche Stunden einige Erleichterung ein.

Freitag in großen Schmerzen, wollte er immer allein sein.

Samstag Morgens äußerte er: „ich konnte gar nicht durchschauen, wenn ich an meine Reise dachte. Es war nicht die innere Zufriedenheit da, die ich sonst immer hatte, ich hatte keinen Durchblick. Mit Baden ists jetzt vorbei und was es mit der Schweiz werden soll, ist mir noch nicht völlig klar."

Sonntags vermuthete er, daß viele Leute den Berg heraufkommen werden, und da er sich zu krank fühlte, Besuche einzulassen, so hielt er es für gut, daß auch die zwei zur nöthigen Bedienung Erwählten sich fern halten, damit Niemand unzufrieden sein könne.

Sonntag Morgens lag er einige Zeit halbschlummernd da und beschäftigte sich im Geist mit einigen, von der Wahrheit abgewichenen Seelen, die ihm viele Betrübniß verursachten. Man hörte im Nebenzimmer die Worte:

„Es ist gottloses Volk. Der Teufel hat alles verwickelt — der Teufel! der Teufel! Sagt ihnen das im Namen des HErrn!" —

(Nach einer kleinen Pause): „Ich lasse mich herzlich bedanken — ich kann nicht schreiben — aber ich hab' es gekriegt, was sie mir durch L. E. geschickt haben." —

Nach einigen unverständlichen Worten fuhr er fort: — „Es sieht alles so fern aus, es ist so weit weg von uns — man muß die Sache näher bringen. Derzeit warens die Cardinäle und der Pabst, und da war dann der Huß, — den haben sie gehaßt, und warum? was hat er denn gethan? — er war doch ein wahrhaftiger Mann Gottes — aber er hat ihnen eben gesagt: ihre Sache sei nicht recht, und darum griffen sie ihn. Umgebracht muß er werden, umgebracht haben sie ihn. Der war römisch — er war selber ein Römer; aber Gott hatte ihn erwählt zu Seinem Zeugen und für sein Zeugniß hat er das Leben dargelegt. — Das ist jetzt so ferne von uns; aber es ist alles heute noch eben dasselbe: ein Zeuge JEsu darf sein Leben nicht lieb haben bis in den Tod. Dieser Huß war jetzt nur ein **Mensch** — aber JEsus ist **Gott**; von **Ewigkeit** verordnet, daß Er sollte **leiden,** und Den haben die Hohenpriester umgebracht. — Dazu ist Er von Ewigkeit bestimmt, daß Er als das Lamm Gottes geschlachtet werde. Der Vater hat Ihn dazu erwählt, und so steht es geschrieben Lucas am Ende: „daß Christus mußte leiden und auferstehen von den Todten, und daß Seine Zeugen solches predigen sollen in Seinem Namen und anheben zu Jerusalem und zu Samaria und zu Judäa und bis an's Ende der Erde. — Aber zuvor sollten sie angethan werden mit Kraft aus der Höhe.

Das Alles muß nahe gebracht werden, in die Gegenwart herein, sonst habt ihr gar nichts davon, wenn's so weit weg ist, wenn ihr es nur so in den Kopf hineinpfropfet, als vor 1800 Jahren geschehen." (Bei diesen Worten erwachte er.)

Der an diesem Tag zu Rath gezogene Arzt ließ von schleunigem Gebrauch des Carlsbades Hilfe gegen das sehr bedeutende Leberleiden hoffen. Der theure Kranke verbrachte den Nachmittag ganz still; einmal hörte ihn seine Magd im Selbstgespräch von seinen Schaffhauser Kindern reden. Gegen Abend hörte sie ihn ungefähr folgendes singen: „Wir warten dein, HErr JEsu Christ — — Du unser Seelenbräutigam! Du hast uns erkaufet mit deinem heiligen Blut zu einem königlichen Priestergeschlecht Deinem Gott und Vater. Du hast uns geliebet und gewaschen von unseren Sünden. Deine Gnade, o HErr! ist groß! Hallelujah! Amen.“

Montag wurden die Testamentsverordnungen und Briefe nach Schaffhausen, Basel und Carlsruhe besprochen, wohin er schreiben ließ, daß durchaus an sein Kommen dahin jetzt nicht zu denken sei. Die dortigen Freunde möchten vor dem HErrn sich prüfen, was Er durch sein Nichtkommen ihnen sagen wolle, und ob sie bisher von dem Lebenswort, das er ihnen gebracht, den rechten Gebrauch gemacht.

Zwei von seinen Kindern leuchtete er mit der Fackel des Wortes tief in's Herz hinein, hinzufügend: „ich wäre wahrhaftig nicht euer Vater und Freund, wenn ich's euch nicht sagte.“

Nachmittags sagte er: „Jetzt nehmet ein Lied und singet mir etwas. Ihr brauchet nicht lange zu suchen, gerade was ihr wollt, so von Zeit zu Zeit, ob ich es sage oder nicht sage, als wieder ein paar Verse, immer an dem Lied weiter machen.“

Von da an bis zu seinem Heimgang wurden nach und nach die Lieder mit ihm gesungen:

„O JEsu Christ, mein schönstes Licht“ 2c. 349 Würt. G.

„Herzliebster JEsu, was hast du verbrochen?“ 2c. 138.

„Frühmorgens wenn die Sonn' aufgeht“ 2c. 173. Dann nochmals:

„O JEsu Christ" 2c., welches ein Lieblingslied von ihm war. Er war jedesmal hocherfreut darüber und sang anbetend und lobpreisend mit.

Dienstag, den 12. früh Morgens: „Was macht mein Freund N.?" Antwort: „Er ist bekümmert um Sie und wünscht bei Ihnen zu wachen, damit Sie nicht so allein seien."

Der Kranke lächelnd: „Sag ihm, ich sei nie allein, es sind die ganze Nacht viele liebe Freunde da, und so oft ich aufstehe, sind sie gleich bei der Hand und gehen mit mir. Und dann wenn ich mich lege, predige ich ihnen „immer los". Wenn ich dann denke: „jetzt ist's genug, ich will aufhören," — so muß ich gleich wieder anfangen. Es steht alles so klar und hell vor meiner Seele, was ich sagen soll. Das ist so lustig. Es ist eine wunderschöne Gemeinde, die ich um mich habe. Gott hat mir dieselbe in Indien schon im Jahr 1839, als Er mich todtschlagen wollte, im Traum gezeigt, und da ich nach Europa zurückkehrte und in die Schweiz und nach Stuttgart kam, habe ich sie gerade so gefunden. Die sind jetzt immer um mich und (fügte er fröhlich hinzu) gar so viele junge Buben, vornen und hinten, zur Rechten und zur Linken; die wollen alle die Nacht über beim Missionar sein" (er meinte die Jünglinge, seine lieben Kinder in Christo).

Als man ihm von einer Gabe sagte, die zwei für ihn geschickt hatten, sprach er: ach das Geld! ich möchte lieber, sie hätten fleißiger das Wort des Lebens gehört. Ach die arme N."

Dienstag Abend Besuch von Herrn Inspektor J. und andern. Da war er sehr munter und hatte eine erträgliche Nacht.

Mittwoch den 13. (Morgens 7 Uhr bei der Spazierfahrt): „Wie hab' ich's doch so gut und kann so ruhig sterben! Hab' für Niemand zu sorgen, nicht Vater, nicht Mutter, nicht Weib, nicht Kind, gar nichts, was mich beunruhigen könnte; so hat's Niemand." Vor dem Ausgehen hatte er in seinem Schlafgemach sich auf die Kniee geworfen und mußte dann vom Boden aufgehoben werden.

Mittags auf eine Anfrage von Schaffhausen, ob der ihm sehr liebe Bruder Sp. ihn besuchen dürfe, mußte zurücktelegraphirt werden: „Es sei zwar letzte Nacht eine wesentliche Veränderung zum Bessern eingetreten durch Gottes Gnade und es sei Hoffnung zum Leben; aber für Besuche sei er noch zu krank." Dazu die Bemerkung: Ruhe ist das beste Gut".

Dieselbe wurde ihm aber nicht zu Theil. Nachmittags und am späten Abend kamen verschiedene Besuche, die sehr angreifend für ihn waren, so daß er andern Tags äußerte: „die haben mir meine Kraft vollends aufgefressen; aber ich wollte sie doch nicht wegschicken. Es war mir lieb, ihnen etwas sagen zu können." — Von einem derselben fügte er bei: „es ist ja groß, daß der arme Kerl den Muth gehabt hat, auch einmal zu mir zu kommen, ich bin froh. Aber er ist noch stockdumm und versteht gar nichts."

Möchten doch Alle, denen er mit Darangabe seiner letzten Kraft noch ein Wort der Ermahnung gesagt, es wohl zu Herzen nehmen zu ihrer Seelen Seligkeit!

Nach den Anstrengungen dieses Tages und einer ruhelosen Nacht trafen ihn seine Kinder
Donnerstag Morgens 5 Uhr
in großen Schmerzen, aber selig in seinem Gott auf dem Sopha. Er bat um seine Bibel, schlug den 22. Psalm auf und las ihn halblaut. Beim 15. Vers einhaltend, sprach er: „Das ist jetzt noch nicht wahr (bei mir), doch ein bischen; aber der HErr JEsus hat das

alles für mich durchmachen müssen. Das ist die Lebens=
auflösung, die fängt jetzt bei mir an.“

(Etwas später:) „Ich glaube nicht, daß es so weit
kommt, daß ich in’s Bad reisen kann; ach ja mein HErr!“

Donnerstag um 10 Uhr, da eines seiner Kinder,
das in der Stadt etwas für ihn besorgt hatte, wieder
zurückkam, sagte er ganz munter: „Ich habe jetzt gerade
meinen lieben Bruder K. bei mir gehabt — er wird aber
nicht kommen; was denkst Du wohl?“ Antwort: Ich kann
es nicht wissen.

————

Zu N., der gesagt hatte: „ich habe den HErrn ge=
beten, daß Er den Geist, den Du empfangen hast, auf
mich legen möchte,“ — sagte er freundlich: „Ja, —
da muß man aber vollkommen gehorsam sein und Du bist
noch so ein ungehorsamer Mensch.“ Antwort: Ja, ich
möchte gern gehorsam werden. Der Kranke: „Das ist
recht, — es hat alles einen Anfang.“

————

Nachmittags oder am Freitag schien es, als ob er im
Selbstgespräch sich mit Jemand beschäftige. Man hörte im
Nebenzimmer unter anderm die Worte: „Wenn er Buße
zum Leben thut und öffentlich bekennt, daß er bisher nicht
richtig nach Gottes Wort gelehrt hat und ganz neu an=
fangt in Christo JEsu, dann kann noch alles recht werden.
Was nicht in Christo JEsu gethan ist, das ist ewiglich
verloren. Es hält so schwer, wenn man ein so großer
Mann ist, die Ehre vor den Menschen fahren zu lassen
und ein Narr zu werden um Christi JEsu willen.“

————

Donnerstag Abend zu N. N.

„Seit ich Dich nicht gesehen habe, sind liebe Seelen
herausgekommen, junge Helden, denen hat Gott das Geheimniß
geoffenbart, die haben’s auf einmal gekriegt, die haben
gesiegt. Das ist eine Herrlichkeit . . . .

Ob Eines seine Sünde fühlt oder nicht fühlt —

kommt nur zu JEsus! Wer nur zu JEsus kommt, den nimmt er an, Er nimmt Jeden an. Was hab' ich für einen HErrn, Dem ich diene! Wir wollen Ihm dienen im heiligen Schmuck.

.... Er hat mich geliebet, zuerst geliebet, darum lieb ich Ihn wieder: darin ist eigentlich der ganze Pfiff. Was ist das für eine Gnade, daß der HErr JEsus solche Sünder annimmt! Bildet euch nur nie mehr etwas ein!

.... Das hat mir der HErr jetzt in diesen letzten Wochen geschenkt, diese lieben Leute. Es sind prächtige Bursche; und eine Anzahl Mädchen sind auch durchdrungen, gerade ehe ich aufgehört habe zu predigen. Das ist doch das Wunder aller Wunder, wenn JEsus in ein Herz kommt. .....

Ich bin nun 47 Jahre bei dem HErrn, diese 47 Jahre hat Er mich getragen und herrlich geführt. Er ist nicht mit mir in's Gericht gegangen. Er ist treu mit mir gewesen diese 47 Jahre und will treu sein bis an's Ende.

Verlasset euch nur auf den HErrn, Er verläßt euch nicht; Er ist ein guter HErr, ein freundlicher HErr.

Ich bin jetzt gerade am Tod gewesen, ich hätte gerne zu meinem HErrn gehen mögen; ich bin eigentlich doch meines Lebens recht satt — hab' viel gearbeitet.

Nun es hat mich gefreut, daß ich Dich noch einmal gesehen habe; halt Dich fest an Deinen JEsus, auch wenn Dein Stündlein kommt! Hörst Du's? Der HErr ist treu, Er verläßt Dich nie und nimmer."

––––––––––

Freitag früh 4 Uhr auf dem Sopha:

„Du hast die — **Schmer** — zen des **Tod** — es **auf** — ge — **löset**.

(Diese Worte wiederholte der Kranke in kurzen Zwischenräumen wohl 6 Mal nach einander mit großer Majestät.)

Die Schmerzen des Leibes müssen ganz durchbohrend gewesen sein, und unaufhörlich. Anstatt eines Schmerzensrufes kamen wohl hundertmal mit zärtlichem Ausdruck in Blick und Ton die Worte über seine Lippen: „Du freundlicher HErr!"

———

„Alles, was von meinem HErrn kommt ist mir recht, und wenn's wie Wermuth schmeckt. Es kommt Alles von meinem HErrn."

———

(Er freute sich, als die zwei ihn pflegenden Kinder ihm sagten, daß sie ganz bei ihm bleiben können, wenn er es wünsche. Am Abend zuvor hatte er sie noch für die Nacht ganz entschieden weggeschickt. Von jetzt an verließen sie ihn nicht mehr.)

———

Der Geist hat nichts zu leiden; der ist frei. Die Schmerzen sind nur im Fleisch. Der selige Gott ist mein Theil und mein Heil, meine Ehre, mein Reichthum, mein Trost, mein Friede, meine Freude, mein Leben, meine Herrlichkeit, mein Alles.

———

„Du hast's mir ja selber in den Mund gelegt durch Deinen werthen heiligen Geist, Alles, was ich von Dir gezeuget habe, Abba lieber Vater, lieber Gott, lieber HErr, freundlicher HErr!"

———

Freitag früh zu N. N. „Deinen HErrn mußt Du haben, Deinen HErrn verherrlichen und dem Teufel den Abschied geben ein für alle Mal."

———

„Ich freue mich von ganzem Herzen mit großer Freude, wenn der HErr mich jetzt erlöset. Es hat gar keine Noth, es ist nichts zwischen mir und Ihm, gar nichts. Ich freue mich von ganzem Herzen, Er wird immer —" (eingeschlummert).

———

Freitag Vormittag. Zu einem jungen Mann: „Ich darf wohl eingehen zu meines HErrn Freude. Seid mir

nur liebe Kinderle und laßt den HErrn ganz euren Gott
sein. Nur so halb — das ist lauter verzwicktes Zeug.

Grüß meinen N. herzlich von mir, und wenn die Braut
sich nicht ganz dem HErrn hingeben wolle, soll er ihr
sagen: „Ich kann mit Dir nichts mehr zu thun haben.“
Das wäre verzwicktes Zeug. Sie ist noch so dumm und
weiß nicht, was Wiedergeburt ist. Das ist eben das Geheimniß, das Niemand weiß, als wer es hat: „Gott
geoffenbaret im Fleisch.“ — Er soll sich von der Braut nicht
zum Narren machen lassen.

Ich habe ein innerliches Gefühl, daß meine Sache am
Ende sei, das heißt, daß meine Zeit vorbei ist.

Halt Dich fest an JEsus Christus dem Gekreuzigten
und werde ein Narr um Seines heiligen Namens willen
und schaff' Deine Sache recht ordentlich. Ein Christ muß
recht arbeiten.“

(Der junge Mann legte beim Weggehen ein Dankopfer
für die Mission auf den Tisch. Als dem Kranken das nachher gezeigt wurde, sagte er ganz bewegt und freundlich:)
„Das freut mich, der HErr segne seine Seele!“ (Nach
einer Weile:) „Das ist aber doch schön; ach HErr sehe es
an! ach HErr nimms an! Es ist doch ein guter HErr.
Der kann die Herzen lenken.“ (Später noch einmal:) „Das
ist doch recht schön! Der HErr wird ihn nicht zu kurz
kommen lassen.“

———

„Ja — bis die Sache an's Ende kommt wird noch
ein Rocheln (Röcheln) kommen, das will dem alten Menschen nicht ein. Ach lieber Gott, freundlicher Gott,
mein Gott und König.“

———

Zu Frau N. N.: „Was macht Dein Mann? Ich wollte
ihm wünschen, daß er so gescheidt wäre, wie ich, und ein
ganzer Narr würde; aber er hält's noch mit der Welt.
Er kann so nett sprechen, daß die Leute denken, er sei ein
gescheidter, liebenswürdiger, junger Mann, der das Reich

Gottes anfache; aber es ist Alles verlogen. Es ist etwas Großes, ganz beim HErrn sein — nicht nur so halb. Aber da kommen dann Leute, die das Wort verfälschen, da werden die armen Seelen schrecklich aufgehalten."

Zu N. N.: „Benehmen Sie sich nur wie ein Königssohn, das heißt als ein Sohn des himmlischen Königs."

(Im Selbstgespräch): „So — man kann mir dann mein blaues Kittele anziehen, meine indischen Hosen, meine Nachtmütze und ein schwarzes Halstüchle, wenn's eben doch sein muß. Das ist so meine Kaste; dann können die Leute sehen, daß ich der Missionar bin. Man soll einen einfachen Sarg nehmen, der nicht viel Geld kostet. Unser Einer will nicht hübsch im Grabe liegen. Das schickt sich nicht."

(Deßgleichen.) „Es soll Niemand kommen und mich seçiren, ich will keinen solchen Metzger haben. Man soll mir nur das Haupt und die Hände waschen und ein reines Hemd anziehen. Das kann man selbst thun. Da braucht man nicht die fremden Leute, ich will nicht unter fremde Hände."

(Später um den Leichentext gefragt, war die Antwort:) „Das ist mir gleichviel. Mein alter S. kann's ganz nett machen. Er ist priesterlich im Beten, dann findet er oft kein Ende; er soll's aber nur kurz machen und kein dumm' Zeug schwätzen: kurz und gut. Er kann's schon, wenn er will."

„So — sie werden dann einen Grabstein da hinauf machen, und da sollte d'rauf stehen: „Ein Zeuge JEsu Christi aus der Missionswelt". Weiter ist nichts nöthig; aber das ist doch so das große Wort, das ist mein Titel, dazu bin ich berufen vom HErrn."

(Wegen der Todesanzeige gefragt, ob ein Schriftwort beigefügt werden soll, nahm er die Bibel und zeigte auf Apostelgeschichte 4, 11—12.)

(Nachher betend:) „Die Leute wissens nicht, sie wollen's auch nicht wissen, was Du für uns gethan und vollendet hast. Alles ist vollendet. Die Schmerzen des Todes sind aufgelöset."

„Ach, das wäre doch recht schön, wenn der HErr sich meiner erbarmen würde. Ich hab' ganz genug — kann nicht mehr schaffen."

Dazwischen kam unzählige Mal der Ausruf: „Du freundlicher HErr!"

Freitag den 15. gegen Abend. „Der HErr JEsus hat die Schmerzen des Todes aufgelöset und hat den **Sieg** zu sich genommen. Der HErr JEsus hat der Schlange den Kopf zertreten .... Darum, daß deine Seele so schwer gearbeitet hat und bist nicht müde noch matt geworden — — (dabei eingeschlummert).

Drei Schwestern erzählte er: „Am Mittwoch fing die Krankheit an, am Donnerstag gings besser, dann gings immer schlechter, dann am Sonntag haben sie den Arzt rufen lassen. Nachher gings besser; aber dann hat die Krankheit eine solche Todesgestalt angenommen und wird jetzt immer schlechter und schlechter, so daß ich nicht mehr glaube, daß es zum Durchkommen ist, sondern ich glaube vielmehr, daß ich eingehen darf in die ewige Herrlichkeit; — — in Christo JEsu ist kein Tod mehr, das ist lustig. Mein JEsus hat die Schmerzen des Todes — aufgelöst. Mein Bauch ist gerade, wie wenn er in die Hände eines — eines — eines — Schusters gefallen wäre, der rings herum einen Nagel um den andern hineinschlägt, und an der rechten Seite in der Leber sinds ganz feine spitzige Stechinstrumente, eine ganze Portion Stecknadeln. So — wenn ich jetzt in Indien wäre, da wär' ich in zwei Tagen abgemacht, daß ich nicht mehr über dem Erdboden sein könnte.

Ach mein Indien, das liebe Land, das köstliche Land, das süße Land, mein Land, ein paradiesisches Land, ein wunderschönes Land! Liebe Kinder da!

Ich bin jetzt ein Sechsundsechziger. Sechsundsechzig Jahre hat mich der HErr getragen. Das ist doch groß! Was ist es doch, den HErrn JEsus haben und das ewige Leben haben!

In meinem Geiste habe ich gar keine Leiden, nur in meinem Fleische. Innerlich ist lauter Friede und Freude im heiligen Geist. JEsus hat Alles für mich gethan und wird's thun bis an's Ende. Bleibet treu und wahrhaft und gebt eure Herzen ganz dem HErrn JEsus und nicht dem Teufel."

Samstag, den 16. Mai, früh 4 Uhr. „Alle meine Leiden und meine Trauer ist vor Dir! Ich bin Dein er=kauftes Erbtheil, **mein HErr und mein Gott!**"

„Heute ist der Sabbath meines Gottes; heute hat der HErr mein Gott geruht von allen seinen Werken. Nur in ihm ist Ruhe."

„Er ist mein Hirte, mir wird nichts mangeln."

„Alle meine Gebrechen sind vor Dir."

„Alle meine Gebeine sind in Deinem Heiligthum ver=wahret."

„Alle meine Gedanken sind vor Dir offenbar."

„Er hat sich jetzt 6000 Jahre mit einem ungezogenen Volk durchgeschlagen und Er wird auch Recht behalten."

„Das ist schön — Alles wird neu durch die Kraft, durch die Du auch im Stande bist, Dir Alles unterthänig zu machen."

„Alle meine Gedanken sind vor Dir in ein Bündelein gebunden."

„Alle meine Gebeine sind vor Dir gezählet."

„A — lle meine **Gebeine** sind vor Dir in ein **Bündelein** gewickelt."

„Ich habe große Gotteskräfte getragen — das weiß ich. Gott hat mich angefüllt mit mächtigen Kräften.

Hunderte und Tausende haben zusammen die Gotteskräfte nicht, die Unser Einer hatte. Was habe ich mit Teufeln und Menschen durchgemacht und bin obgelegen!

Daß ich unter diesen Tausenden und Tausenden von Teufeln habe Stand halten können und bin oben angesetzt worden — dazu hat Er mir Macht gegeben.

Von diesen Gotteskräften weiß Niemand etwas, — die kann nur der Glaube fühlen und sehen. Die ungläubige Welt weiß nichts davon, will's auch nicht wissen. Man muß Gott die Ehre geben, man muß Alles unter Seine Füße legen, um das von Ihm empfangen zu können.

Ach was hab' ich durchmachen müssen, so daß ich meines Lebens mich erwogen habe! O! wie **groß** ist des Allmächtigen Güte! Er ist der Allmächtige. Er ist der HErr, Jehovah JEsus, Der da war und Der da ist und Der kommt, der Heilige in Israel!"

Betend: „Sechsundsechzig Jahre hast Du mich getragen in großer Geduld und Langmuth, bist nicht mit mir in's Gericht gegangen, Du freundlicher HErr! Hast mich immer so zärtlich — zärtlich — zärtlich behandelt, Du freundlicher HErr!"

„Es sollen keine Zuthaten zum Evangelio gemacht werden, zu dem reichen Evangelio. Dafür habe ich ja mein Leben gegeben."

„Der HErr ist mein Theil, was soll mir je mangeln?
Er ist die Stärke meiner Rechten. Der Heilige in Israel
ist der treue Gott, mein Theil und mein Heil."

„Mir hast Du Dich geoffenbart. Du hast mir ja Dein
Wort in den Mund gelegt durch Deinen werthen heiligen
Geist. Abba lieber Vater!"

„A—I—I—e — meine Ge—bei—ne sind vor Dir
in ein Bündelein zusammengebunden."

„Verlaß mich nicht mein HErr und Gott an meinem
Ende!"

Samstag Abend ließ er sich die Füße waschen, wobei
er äußerte: „Ach diese lieben Füße, die überall hin den
Frieden getragen haben! Das sind liebe Füße, die haben
manchen Gang gemacht für den HErrn."

Zu seinen zwei ihn pflegenden Kindern: „Berathet euch,
wie wir's diese Nacht machen können?" Auf ihre Antwort,
sie bleiben da: „Das ist recht, ich möchte nicht vielerlei Leute
um mich haben. Wenn's euch nur nicht schadet. Sehet zu,
daß ihr auch ruhet und sorget für euch, ich kann das jetzt nicht
mehr thun."

Zu eben denselben:

Sonntag früh 4 Uhr: „Das ist doch recht schön, daß
der HErr euch bestellt hat für mich."

„Heute ist Ruhetag, Sonntag, da werden Leute kommen;
aber ich will Niemand sehen, gar Niemand, ich möchte Ruhe
haben. Ruhe ist das beste Gut. Wir wollen heute ganz stille
sein.

(Die so sehnlich gewünschten Ruhestunden sollten ihm
aber in diesem Leben nicht mehr werden. Es war ein un-
ruhiger Tag, dem eine sehr schwere Nacht folgte. Krankheit und Schmerzen nehmen zu)

„Schmerzen des Geistes habe ich keine, die sind Alle herrlich überwunden; aber die Schmerzen des Leibes sind **großartig.**"

„Mein Freund."

(Dieses Wort kam immer mit dem Ausdruck der innigsten Zärtlichkeit heraus, als ob er seinen himmlischen Freund in den Armen hielte.)

„Ach! HErr JEsu, den ich verkündigt habe. — — —

„Ich habe euch das „lautere" Evangelium gepredigt; da könnt ihr euch fest darauf verlassen. Das hält Stand im Leben und im Sterben."

Sonntag früh sieben Uhr ließ er nach Schaffhausen schreiben: „Ich warte mit großer Sehnsucht auf die Auflösung meines Leibes."

Ach mein HErr und mein Gott!

Alle meine Gebeine sind vor Dir gezählet.

Er ist mein Leben und mein Theil, mir wird nichts mangeln. Er führet mich auf grüner Aue und zu lebendigen Wassern.

Ach ja, Du hast Dich mir geoffenbart, Du freundlicher HErr! und ich hab' Dich verkündigt, daß in Dir das ewige Leben ist, und die da geglaubet haben, die sind versiegelt worden mit dem heiligen Geist und daran hab' ich gemerkt, daß ich nicht Menschenwort, sondern **Dein** Wort verkündige und das hat mich stark gemacht.

(Auf dem Sopha): „O wie hab' ich's doch so gut!" (wohl zehnmal nacheinander). O wie hab' ich's doch so gut! hab alles genug und keine besonders große Leiden, könnte auch Krämpfe oder Bangigkeiten haben. Du freundlicher HErr, wie hab' ich's so gut!"

(In dem Augenblick schien der Schmerz wieder mächtig anzudringen): „Ja, ja — der Bauch — und der Kopf — da sind wohl große Schmerzen, aber doch keine besonderen Leiden; es ist doch zum Aushalten, lieber HErr, treuer Gott!"

Mein Freund!

„Wenn Frau N. kommt, die dürfte nicht abgewiesen werden, ich würde mit ihr reden im Namen des HErrn; sonst will ich Niemand sehen."

Als sie kam: „Gib Dein Herz ganz dem HErrn JEsus, in Ihm ist das ewige Leben!

Sei recht nett mit Deinem Mann und siehe, daß Du ihn für den HErrn gewinnst!

Sag Deinem Mann: ‚ohne JEsus sei Alles verloren!' Was hülfe es dem Menschen, so er die ganze Welt gewönne und nähme doch Schaden an seiner Seele."

Zu N.: „Der Leib hat viele Schmerzen; aber der HErr ist mit mir. Er hat mich lieb, Er hat mich lieb. Ich hab' großen Frieden."

Ich kann jetzt nicht mehr zeugen, aber es sind wahrhaftige, liebe Kinder Gottes geboren worden, die werden es thun.

Sonntag Abends Besuch von Hrn. Prälat K.

„Alle meine Gebeine sind in Deinem Heiligthum verwahret."

Sonntag Nacht: „Ich hab' mir vorgenommen, es darf nicht verschmiert werden," — das heißt: es muß „rein Haus" gehalten werden. — „Es darf nichts verschüttet

werden." — „Es darf nur nachgelegt werden." (Kraft
um Kraft.)

———

Montag Morgen unter großen Schmerzen: „Freund
meiner Seele!"

———

„Alle meine Gebeine sind vor Dir verwahret."

———

„Armer Mensch, elender Mensch!"

———

(Als ihm gesagt wurde, daß eines der neuen Kinder
dagewesen): „Wenn sie wiederkommt, bring' sie herein, ich
möchte gerne meine kleine Kinderle noch sehen."

———

„Ach ja vollende mich ganz schön! Ich bin voll
Schmerzen des Leibes."

———

„Arm und elend!"

———

„Mein Kopf ist so verwirrt. Ich bin voll Schmerzen
und Krankheit."

———

„Alle meine Gebeine sind vor Dir in ein Bündlein
gebunden."

———

„Ach mein Bauch, ach mein Bauch thut mir so weh."

———

„Ich bin arm und elend. Du freundlicher HErr,
guter HErr!"

———

(Mit gehobener Stimme): „Ach mein HErr, Du bist
mein und ich bin Dein! **Liebe** hat uns **so vereinigt.**"

———

„Ach Freund meiner Seele!"

———

Montag Vormittag: Unter großer Schwachheit und
großen Schmerzen ermannte er sich plötzlich und machte sich
stark im Geist, ließ sich auf das Sopha bringen, die Bibel
geben und fing an in apostolischem Geiste einen Brief zu
diktiren, der von ihm eigenhändig unterzeichnet: „Samuel
Hebich, ein Zeuge JEsu Christi," und in Eile abgesandt

wurde. Es war ein feierlicher heiliger Ernst in seinem ganzen Wesen, eine Majestät.

Nachmittags als eine Depesche die Schaffhauser Brüder für morgen früh meldete, sagte er: „Meine Schaffhauser haben keine Ruhe mehr; die wollen mich auch noch sehen."

Die Leiden meines Gottes werden mir jetzt alle aufgetischt.

„Mein Leben ist verborgen in Gott mit Christo JEsu!"

Zu Einigen: Aber!! — den g a n z e n Winter nicht gekommen! Das Wort des „Lebens" das aus d i e s e m Munde gekommen, v e r s ä u m t! Das ist doch arg. Jetzt ist's vorbei!

Zu N. „Du hast gar keinen Glauben!"

„Mein HErr und mein Gott! lieber Gott, guter Gott, treuer Gott!"

„Mein Freund!"

Nachdem Missionar G. von ihm weggegangen: „Das ist ein lieber Mensch, ein fleißiger Mann; s e h r f l e i ß i g mit der Feder; da ist Unser Einer ein fauler Kerl vis à vis von dem." Als ihm bemerkt wurde, er sei mit dem Wort ja auch fleißig gewesen: „Ja so weit's geht." Auf die weitere Bemerkung: die Predigt des Worts sei doch das Größte: „Ja das ist Nummer Eins und dazu habe ich Grade empfangen von meinem HErrn. Das ist groß; Du freundlicher HErr!"

Montag Abend auf dem Sopha zu Frau N. „Mutterle! grüß Dich Gott! ich sterbe — es geht zum Sterben." An die zwei Kinder sich wendend: „Ihr solltet ihr einige Versle singen, daß sie etwas hat; ich bin ja so schwach — kann nicht reden." Aus: „herzliebster JEsu 2c." Vers 5—7. Bei der Strophe: „Ach großer König, groß zu allen Zeiten 2c."

wußte er kaum genugsam in Geberden seine Ehrfurcht und Anbetung zu bezeugen. Dann zu der Frau: „Jetzt geh heim. Grüße Deinen Mann, danke Deinem HErrn JEsus, Der Dich gefunden hat, wenn's so ist."

Beim Sonnenuntergang ließ er sich noch an's Fenster führen: „Laßt mich mein Paradies noch einmal sehen; — das ist doch majestätisch. In der ganzen Welt gibt's kein zweites Stuttgart."

Montag auf Dienstag: „Ach mein Gott! verlaß mich nicht! mein HErr und mein Gott!"

Dienstag Morgen zu N.: „Halte Dich fest an JEsus, in Ihm ist ewiges Leben. Er ist das ewige Leben."

„Ich sollte Jemand haben, der mich hält und trägt."

Im Schlummer: „Mein N. hat so ein unzufriedenes Wesen, es ist lauter Wind."

Um 10 Uhr Ankunft von 3 Schaffhauser Brüdern, seinen lieben Kindern, von denen er nun mit zarter Liebe getragen und gehoben wurde.

„Wo ist denn mein S.?" Als dieser an's Bett trat: „Verlaß Dich auf den HErrn, so wirst Du nie und nimmer zu Schanden werden. Wer sich auf den HErrn verläßt, wird nimmermehr zu Schanden." Nachher zu demselben in Hinsicht des Durchkommens: „Hast Du auch genug? langt's?"

Später: „Man kann nichts in Menschenkraft ausrichten, — Gotteskraft braucht's. Was in Gottes Kraft gethan ist, das besteht. Nur nicht so herumstoffeln!"

Dienstag Abend auf dem Sopha in großer Schwäche: „Ach HErr JEsu, verlaß mich nicht in meiner großen Noth!"

Im Bett (mit erhobener Stimme): „Deine Gebote sind nicht schwer. Denn alles, **was** von Gott geboren ist, überwindet die Welt und unser Glaube ist der **Sieg,** der die Welt überwunden hat. Wer ist, der die Welt überwindet, ohne der da glaubet, daß JEsus der Christ ist. Dieser ist es, der da kommt mit Wasser und Blut. Gottes Zeugniß ist das, daß er gezeuget hat von Seinem Sohne. Wer da glaubet an den Sohn Gottes, der hat solches Zeugniß bei ihm. Und das ist das Zeugniß, daß ihm Gott das ewige Leben hat gegeben, und solches Leben ist in Seinem Sohne. Wer den Sohn Gottes hat, der hat das Leben; wer den Sohn Gottes nicht hat, der hat das Leben nicht.“

Zu dem Dienstag Nacht 11 Uhr noch ankommenden Bruder aus Watthalden bei Carlsruhe nur das freundliche Wort: „So, bist Du auch da?“

Dienstag Nacht: „Laß mich Dich sehen, mein Freund! Ich möchte dich sehen.“

„Ach mein HErr JEsu!“

„Ganz bei JEsu sein! ganz erlöset!“

„Ich sehe wunderschöne Sachen, das ist **ja großartig.**“

„Wie schön ist der Himmel!“

Mittwoch: „Ach lieber Gott, wo soll ich hin! der müde Leib hat ja nirgend Ruhe, keine Erquickung. Ach verlaß mich nicht! Freund meiner Seele! Komm bald!“

„Ach lieber Gott, was soll ich doch machen? Die Leiden sind so groß.“

(In flehendem Ton): „Ich kann's kaum mehr aushalten, freundlichster HErr!!! liebreicher HErr!!!“

Von 7 Uhr Abends bis Mitternacht ließen die Schmerzen ihn nirgend ruhen. Von 9 Uhr an leisteten noch sechs von den jungen Brüdern treue Liebesdienste, so daß in dieser Nacht zwölf seiner geistigen Kinder um ihn waren. Einer derselben sagte: „Der Herr Missionar ist recht schwer", was der Kranke gleich bestätigte: „Ja, schwer." Auf die Bemerkung eines andern: Ich glaube nicht, daß es diese Nacht zum Ende kommt, erwiederte er gleich: „Wie Gott will; es ist alles recht."

Um Mitternacht trat Ruhe ein. Er kannte Alle und schien bis zum letzten Augenblick alles zu verstehen. Man hörte ihn noch mit leuchtendem Blick (während sonst die Augen meist geschlossen waren) die Worte sagen: **„Nicht wahr? Malabar?"** Zuletzt die Arme ausbreitend: „Komm! Komm!" Der Athem wurde leiser und leiser, ohne irgend ein Röcheln und stand endlich still um 3 Uhr mit Anbruch des Himmelfahrtstages. Darauf vereinigte sich die kleine Hausgemeine im Gebet und sang noch einmal das Lied:

Frühmorgens da die Sonn' aufgeht,
Mein Heiland, Christus, aufersteht;
Vertrieben ist der Sünden Nacht,
Licht, Heil und Leben wiederbracht.
Hallelujah!

Nicht mehr als nur drei Tage lang
Bleibt Gottes Sohn im Todeszwang.
Den dritten Tag durch's Grab Er bringt
Und hoch die Siegesfahne schwingt.
Hallelujah!

O Wunder groß, o starker Held!
Wo ist ein Feind, den Er nicht fällt?
Kein Angststein liegt so schwer auf mir,
Er wälzt ihn von des Herzens Thür.
Hallelujah!

Kein Elend mag so mächtig sein,
Mein Heiland greift allmächtig d'rein,

Er führt mich aus mit Seiner Hand:
Wer mich will hindern, wird zu Schand.
    Hallelujah!

Lebt Jesus, was bin ich betrübt?
Ich weiß, daß Er mich herzlich liebt;
Wenn mir gleich alle Welt stürb' ab,
G'nug, daß ich Christum bei mir hab'!
    Hallelujah!

Er pflegt, Er schützt, Er tröstet mich;
Sterb' ich, so nimmt Er mich zu sich,
Wo Er jetzt lebt, da komm ich hin,
Weil Seines Leibes Glied ich bin.
    Hallelujah!

Mein Herz darf nicht entsetzen sich,
Gott und die Engel lieben mich:
Die Freude, die mir ist bereit,
Vertreibet Furcht und Traurigkeit.
    Hallelujah!

Für diesen Trost, o großer Held,
Herr Jesu, dankt Dir alle Welt;
Dort wollen wir mit größ'rem Fleiß
Erheben Deinen Ruhm und Preis!
    Hallelujah!

———

Demnächst werden 16 Vorträge über den Thessalonicherbrief von Missionar Hebich im Druck erscheinen.